I0550686

Y

AUX POËTES

—

ODE

QUI A OBTENU LE PREMIER PRIX

AUX

CONCOURS POËTIQUES

DU MIDI DE LA FRANCE

——

DÉCEMBRE 1878

AUX POËTES

—

ODE

QUI A OBTENU LE PREMIER PRIX

AUX

CONCOURS POÉTIQUES

DU MIDI DE LA FRANCE

———

DÉCEMBRE 1878

AUX POËTES

ODE

DÉDIÉE A MON PÈRE

Antè omnia musæ !

I

Quand le maître des dieux armé de son tonnerre,
Jusqu'en ses fondements bouleversait la terre;
Quand l'Olympe avait faim d'holocaustes sanglants;
Dans le temple rempli de dépouilles opimes
Le prêtre s'avançait, amenant les victimes.....
     C'étaient des agneaux innocents !

Il ornait leur toison de riches bandelettes !
Le peuple, en chœur, chantait l'hymne des grandes fêtes !
Un nuage d'encens montait des urnes d'or !
Et, le glaive à la main, les sombres victimaires,
Muets et sans pitié, sous les yeux de leurs mères,
     Aux blancs agneaux donnaient la mort !

Et le sang ruisselait sur la dalle sanglante !
La foule s'écoulait silencieuse et lente !...
L'Olympe était content..... Dans les cieux azurés,
Ramenant ses coursiers, Phébus pouvait encore
Accorder au lever de la riante aurore
     La splendeur de ses feux dorés.

II

Mais tous les Dieux sont morts... Seule, la Poésie,
Immortelle déesse, a sa place choisie
Dans le zénith des cieux, dans les siècles sans fin !
Le temps n'a pu briser les cordes de sa lyre !

Sous ses baisers tout chante, ou tressaille, ou soupire !
Et tout regard s'embrase à son regard divin !

Saluez l'avenir !... Chantez donc, ô Poëtes !
Approchez de l'autel... Que vos âmes soient prêtes
A recevoir le fer du sacrificateur,
La Muse (cette amie à nulle autre pareille)
Toujours mêle à l'éclat de sa lèvre vermeille
Le sang des bardes saints qu'elle a baisés au cœur !

Enfants du ciel; *voyants* des merveilles divines,
Il faut que vous portiez la couronne d'épines...
Car, le génie heureux qui consacra vos fronts
Au contact frémissant de son aile bénie,
Veut que par vous, la terre à jamais rajeunie
S'émeuve à vos accents, et pleure à vos affronts !

Il faut, comme autrefois l'aruspice de Rome
Interrogeait les flancs des victimes, et comme
La foule applaudissait quand jaillissait le sang,
Que le malheur, levant sur vous sa main cruelle,

Fasse, dans le creuset, votre gloire plus belle;
Et que tout vous admire et chante en vous voyant !

Saluez ! saluez ! C'est la muse d'Homère
Qui redit des héros la bouillante colère !
Et, tandis que le luth tressaille dans sa main,
Plus beau dans les haillons qu'un roi sous la couronne,
Des pauvres de l'Attique il accepte l'aumône !...
Il eût été moins grand s'il n'eût mendié son pain !...

C'est Pindare, Sophocle, et toute la pléiade
Des chantres inspirés qui parcourent l'Hellade
Rencontrant tour à tour la gloire et le malheur !
C'est Dante, réclamant, dans le feu du délire,
Son enfant bien-aimé, dont le chaste sourire
Aurait, divin rayon, rasséréné son cœur !

C'est Milton implorant sa part de la lumière
Qu'un soleil inclément refuse à sa paupière...
C'est Chénier qu'on arrache aux rêves du printemps !
Sa jeunesse est livrée au vent de la tempête !

Il se lève, et s'écrie en se frappant la tête :
« *J'avais là quelque chose!... et je meurs à trente ans!*

Non, les jours ne sont plus, où, de flots d'ambroisie
Égayant leurs repas, tes fils, ô Poésie,
Buvaient le vieux Falerne en des amphores d'or !
Où Tibulle et Virgile assis près des Mécènes,
A l'heure où de la nuit l'ombre couvre les plaines,
A l'aile de leurs vers donnaient un libre essor !

Nous t'aimons cependant, ô sévère Immortelle !
Partout nous te suivrons, ô Muse toujours belle !
Car c'est dans le creuset que l'or est épuré !
C'est lorsque sous le vent le vieux chêne s'incline,
Que plus profondément au sol il s'enracine,
Et que suinte le miel, de son flanc déchiré...

Un triple airain au cœur, l'âme toujours sereine,
Combattant corps à corps la fortune inhumaine,
Pour charte, la justice, et pour devoir, l'honneur...
Si la terre et le ciel, sur leurs bases profondes,

S'ébranlent, nous verrons s'entre-choquer les mondes,
Impassibles... debout... sans reproche et sans peur !

Quand les vagues, au loin, se couronnent d'écume ,
Quand la foudre livide illumine la brume ;
Et que le vent du Nord déchaîne sa fureur...
Rassemblant sa couvée, interrogeant l'espace,
Le pélican s'élance, et superbe d'audace,
Brave des éléments l'effrayante clameur !

C'est en vain qu'il demande aux algues du rivage
La pâture du soir... Poussant un cri sauvage
Il retourne au rocher où sa famille a faim !
Il comprend que la mort réclame une victime !...
Et, cédant aux élans d'un désespoir sublime,
Pour sauver ses petits, il entr'ouvre son sein !...

III

Comme lui, droit au cœur, frappez, ô grands poëtes !
Jetez vos fiers accents au milieu des tempêtes !

Faites dans notre nuit resplendir le soleil !
Nous sommes fatigués de querelles sanglantes !
C'est assez de tombeaux, de ruines fumantes !
Au monde impatient annoncez le réveil !

Chantez l'aurore aux doigts de rose ;
La fleur nouvellement éclose ;
Le papillon aux ailes d'or ;
Le flot qui baise le rivage ;
Le jeune oiseau, dans le feuillage,
Essayant son premier essor !

Chantez les épis qui jaunissent ;
Les blancs agnelets qui bondissent
Dans l'herbe épaisse des vallons ;
Le berger, à l'ombre du hêtre,
Improvisant un air champêtre ;
Et les grands bœufs dans les sillons !

Chantez les forêts où soupire,
Suave comme un chant de lyre,

La brise odorante du soir ;
Près de l'âtre, où la flamme brille,
L'aïeule endormant sa famille
Aux légendes du vieux manoir !

L'enfant, sous les yeux de sa mère,
Vers celui qu'invoque son père
Élève ses petites mains !
La nuit, au loin, étend ses voiles ;
Dans le ciel brillent les étoiles,
Les vers luisants dans les chemins !

Sous la froide étreinte du doute,
Le jeune homme s'arrête, écoute,
Hésitant devant l'Infini...
Saluant, le soir de sa vie,
Le vieillard reposé, s'écrie :
« Je crois !... Seigneur, soyez béni ! »

Malgré la neige dont leurs cimes
Se couronnent, les monts sublimes

Tressaillent... Un souffle divin
Anime l'Océan immense,
Comme un coursier, lorsqu'il s'élance,
Avide de briser son frein.

Le brin d'herbe sous la rosée,
La fleur par le soleil baisée,
La feuille au contact du zéphyr,
L'aigle qui plane dans l'espace,
La douce colombe qui passe,
Aux échos jetant un soupir ;

Tout ce qui vit ou qui respire,
Tout ce qui chante ou qui soupire,
Forme un concert harmonieux
Que notre âme écoute ravie !...
Incomparable mélodie
Que la terre redit aux cieux !

O poëtes aimés, chantez ces grandes choses !
Jetez à pleines mains et des lis et des roses

Devant l'autel de l'Idéal !
Car l'Idéal, c'est Dieu, dont la Toute-Puissance
Plaça le vrai, le beau, le bien et l'Espérance
Sur un éternel piédestal !

C'est Lui qui, du trépas, un jour, brisant l'empire,
A ceux qui dans la mort sont couchés, viendra dire :
« L'heure a sonné !... Réveillez-vous ! »
C'est Lui qui, dans le sein meurtri de la Patrie,
D'une parole, à flots fera couler la vie,
Parce qu'il l'a vue à genoux !

Comme Orphée apaisait les panthères sauvages...
Comme Colomb allait, sur de lointains rivages,
Découvrir un monde nouveau...
Prenez votre luth, ô poëtes !
Et faites flotter sur nos têtes
Votre pacifique drapeau !

Montrez-nous le champ clos, où les Muses amies
Couronnent de lauriers les nations unies

Par un lien de paix fraternel !...

Avec vous, poëtes sublimes,

Nous voulons planer sur les cimes...

Car la Muse est fille du Ciel !

L'Abbé Achille LABATUT

Toulouse, imprimerie Paul Privat, rue Tripière, 9. — 13

41